VENTE

AUX ENCHÈRES PUBLIQUES

DE

TABLEAUX

ANCIENS ET MODERNES

DESSINS, AQUARELLES, GOUACHES

GRAVURES

Faïences, Porcelaines, Terres cuites

CURIOSITÉS

HOTEL DES VENTES, RUE DROUOT

SALLE N° 4

Les Mercredi 19 et Jeudi 20 Décembre 1877

A DEUX HEURES

Par le ministère de Me **LAFONTAINE**, Commissaire-Priseur,
rue d'Hauteville, 65,

Assisté de **M. BODIN**, Expert, rue d'Aboukir, 112.

PARIS — 1877

CONDITIONS DE LA VENTE

Elle aura lieu au comptant.

Les Adjudicataires paieront CINQ POUR CENT, en sus des enchères, applicables aux frais.

DÉSIGNATION

TABLEAUX

PAR OU D'APRÈS

---

1 — Scènes d'intérieur. Deux pendants............ **GREUZE**

2 — Scènes champêtres. Deux pendants............ **LAUTHERBOURG**

3 — Paysages (Environs de Romorantin) .... **HOURY**

4 — Paysage (Marais)........ **COPPENNE** (Van)

5 — Paysage (Soleil couchant) **ID.**

6 — Le Paccage............ **ZEHENDER**

47 — Chàlet suisse..........   DERUELLE

48 — Chemin creux.........   ID.

49 — Côtes d'Espagne........   BISTAGNE (P.)

50 — Vue d'Orient...........   ID.

51 — Côtes d'Italie...........   ID.

52 — Venise................   ID.

53 — Paysage animé.........   GABRIELLI

54 — Paysage animé.........   ID.

55 — Intérieur de village (Jour
      de marché).........   ID.

56 — Intérieur de ferme......   ID.

57 — Bouquets de fleurs......   VONVILLE

58 — Paysages. Formant pen-
      dants...............   DELAUNAY

59 — Intérieurs de village.
      Pendants ....   ARDENT

60 — Paysages. Pendants.....   DUVAL

61 — Marines. Pendants......   JACKSON

62 — Marines. Pendants......   BERTON (J.)

63 — Côtes d'Angleterre ......   CHAPMANN

64 — Bouquets (Fleurs des
      champs). Deux pen-
      dants...............   CAUCHOIS

65 — Côtes de la Méditerranée.
      Deux pendants.......   JUBLIN

66 — Marines. Deux pendants..   **MARTY**

67 — Deux petits Paysages....   **ID.**

68 — Vues prises en Tourraine.
Deux pendants.......   **DERUELLE**

69 — Paysages normands. Deux
pendants ....   **KAREL**

70 — Vaches dans une prairie.   **NARDICH**

71 — Rentrée à la ferme.....   **ID.**

72 — Rochers aux bords de la
mer ....   **VERHOVEN**

73 — Marine...............   **ID.**

74 — Le Coup de vent........   **DECKHERR**

75 — Lisière de forêt........   **LEROUX**

76 — Lisière de forêt........   **ID.**

77 — Scène champêtre........   **DINARD (G.)**

78 — Paysage animé.........   **ID.**

79 — Vue de Suisse..........   **DALLE (E.)**

80 — Vue de Suisse.........   **ID.**

81 — Intérieur de ferme......   **GUILLEMINET**

82 — Coqs et Poules auprès
d'une grange.........   **ID.**

83 — Intérieur de basse-cour.   **ID.**

84 — Poulailler.............   **ID.**

85 — Scènes de genre. Deux
pendants.............   **GASTER**

86 — Paysages. Deux pendants.   LEROY

87 — Environs de Paris. Deux
      pendants............   JULIAN

88 — Marine (Châlet suisse près
      d'un lac)...........   TAUNAY (J. de)

89 — Vue d'Orient...........   ID.

90 — Paysages. Deux pendants.   DAVINIÈRE

91 — Les quatre Saisons......   LANCRET

92 — Jeux de paysans........   ÉCOLE FLAMANDE

93 — Danse de paysans.......   ID.

94 — Scènes de cabaret.......   ID.

95 — Paysages avec person-
      nages.................   MARTINÈS

96 — Paysage avec animaux..   ID.

97 — Le Bac...............   GABRIELLI

98 — L'Hiver..............   ID.

99 — Natures mortes. Deux
      pendants............   ÉCOLE FRANÇAISE

100 — Vues d'Orient.........   CHARLÈS

101 — Paysage ....   ÉCOLE MODERNE

102 — Quelques Tableaux anciens et modernes.

103 — Toiles peintés anciennes et modernes.

104 — Croquis, Ébauches et Études à l'huile.

105 — Cadres divers.

106 — Débarras d'atelier.

AQUARELLES, DESSINS, ESTAMPES, VIGNETTES ET EAUX-FORTES

107 — Vignettes pour divers ouvrages, la plupart avant la lettre et sur chine, d'après Moreau, Saint-Aubin, Marillier, Cochin, Eisen, Scheffer, Ransonnette, Collin, Duplessis - Bertaux, Desenne, Hopwod, Tony Johannot et autres.

108 — Vignettes, la plupart anciennes, pour les Contes et les Fables de La Fontaine.

109 — Vignetttes modernes pour les mêmes œuvres.

110 — Vignettes et Portraits pour les œuvres de Thiers.

111 — Vignettes modernes, pour divers ouvrages, d'après Girodet, Raffet, Charlet, Blanchard et autres.

112 — Vignettes pour les œuvres de Chateaubriand, lord Byron, Walter Scott, Le Sage, etc.

113 — Vignettes anciennes et modernes pour les œuvres de Corneille, Racine, Molière, Voltaire, etc.

133 — Aquarelles (Paysages), par Hébert.

134 — Aquarelles (Paysages), par Berthault.

Les lots en nombre seront divisés.

MEUBLES, BIJOUX, BRONZES, PORCELAINES
FAIENCES ET TERRES CUITES

135 — Bonheur-du-Jour Louis XVI.

136 — Table Louis XVI à ouvrage.

137 — Meuble Louis XVI à deux corps.

138 — Bahut Louis XV.

139 — Bas-Reliefs en bronze, par Casimir.

140 — Vénus de Milo en bronze.

141 — Groupe en bronze argenté, par Lanzirotti.

142 — Groupe (Enfants) en bronze, par Casimir.

143 — Bas-Reliefs en galvanoplastie, par Casimir.

144 — Sujets (Fables de La Fontaine) en galvanoplastie, par Casimir.

145 — Sujets grotesques en galvanoplastie, par
Casimir.

146 — Une paire de Coupes en bronze uni.

147 — Une Pendule Louis XV.

148 — Une Pendule, sujet en bronze.

149 — Vases en Sèvres gros bleu.

150 — Terres cuites, par Blavier.

151 — Deux Bustes allégoriques, par Lavergne.

152 — Têtes de femmes en terre cuite, par Blavier.

153 — Quatre Sujets divers en terre cuite, par
Lavergne.

154 — Groupes en terre cuite, d'après Clodion.

155 — Sujets divers en terre cuite, par Joncery.

156 — Service (Tête-à-Tête) en faïence de Marseille.

157 — Deux Vases en porcelaine de la Chine, double
cartel; décors de mandarins.

158 — Vases de la Chine; décors de personnages.

159 — Vases de la Chine; décors en relief.

160 — Statuettes en bronze.

161 — Figurines en porcelaines de Saxe et Allemande.

162 — Figurines genre Sèvres.

163 — Grands Plats armoriés en cuivre repoussé.

164 — Plats en cuivre repoussé, avec portraits.

165 — Brazeros et Jardinières en cuivre repoussé.

166 — Glace biseautée; cadre sculpté.

167 — Vases en porcelaine de la Chine.

168 — Vases en porcelaine du Japon.

169 — Vases en faïence de Satzuma.

170 — Cabinets et Boîtes en laque du Japon.

171 — Beau Saladier en porcelaine de la Chine.

172 — Assiettes en porcelaine de Sèvres.

173 — Groupes en faïence de Lorraine.

174 — Plats en faïence italienne.

175 — Plats et Vases en Delft.

176 — Divinités chinoises en bronze.

177 — Objets en bronze et ivoire.

178 — Plateaux et Cendriers en émail cloisonné.

179 — Quinze Pièces diverses pour étagère en porcelaine et faïence.

180 — Dix Pièces en faïences allemande, hollandaise, française et italienne (Sera divisé).

181 — Vingt Pièces en porcelaines de Sèvres, Saxe, Chine, Japon, Chelsea, Wedgwood et Vienne (Sera divisé).

182 — Paire de Boutons d'oreilles en or et brillants.

183 — Bague en or, montée d'un beau brillant.

184 — Garniture de Boutons de chemises en or et brillants.

185 — Montres d'homme et Montre de femme en or.

186 — Médaillon en or et pierres fines.

187 — Pendants d'oreilles en or et brillants.

188 — Croix en or et brillants.

189 — Bague en or, rubis et brillants.

190 — Quelques menus Bijoux.

———

Les lots en nombre pourront être divisés.

Ve RENOU , MAULDE ET COCK

IMPRIMEURS DE LA COMPAGNIE DES COMMISSAIRES-PRISEURS

Rue de Rivoli, 144   81488